CW01636814

EL BARCO
DE VAPOR

El robo del siglo

Ana Alonso

Ilustraciones de Anna Aparicio Català

sm

fundación sm

La Fundación SM destina los beneficios de las empresas SM a programas culturales y educativos, con especial atención a los colectivos más desfavorecidos.

Si quieres saber más sobre los programas de la Fundación SM, entra en **www.fundacion-sm.org**

LITERATURA**SM**•COM

Agradecemos a los alumnos de Educación Primaria de la Escuela Ideo, en Madrid, la lectura y validación de este texto.

Primera edición: septiembre de 2018

Gerencia editorial: Gabriel Brandariz
Coordinación editorial: Iria Torres
Coordinación gráfica: Lara Peces
Adaptación y edición del texto: María José Sanz y María San Román

© del texto: Ana Alonso, 2018
© de las ilustraciones: Anna Aparicio Català, 2018
© Logo de lectura fácil: Inclusion Europe
Más información en www.easy-to-read.eu/european-logo
© Ediciones SM, 2018
Impresores, 2
Parque Empresarial Prado del Espino
28660 Boadilla del Monte (Madrid)
www.grupo-sm.com

ATENCIÓN AL CLIENTE
Tel.: 902 121 323 / 912 080 403
e-mail: clientes@grupo-sm.com

ISBN: 978-84-9107-339-0
Depósito legal: M-2281-2018
Impreso en la UE / *Printed in EU*

Cualquier forma de reproducción, distribución, comunicación pública o transformación de esta obra solo puede ser realizada con la autorización de sus titulares, salvo excepción prevista por la ley. Diríjase a CEDRO (Centro Español de Derechos Reprográficos, www.cedro.org) si necesita fotocopiar o escanear algún fragmento de esta obra.

A mi sobrina Celia, que es un amor.

ÍNDICE

1

REBECA Y ANTÓN

Me llamo Rebeca
y lo que más me gusta del mundo es bailar.
Cuando bailo me olvido de todos mis problemas.
Voy a clase de danza desde que era pequeña,
y creo que bailo muy bien.
Sin embargo, escribo muy mal.
Tengo una letra bastante mala
porque escribo muy deprisa.

Otra cosa que no hago bien es escuchar en clase.
A mí me gusta la profe Susana.
Sabe muchísimas cosas,
pero escuchar sus explicaciones me cansa.
Me aburre estar sentada sin hacer nada.
Necesito moverme, necesito bailar,
pero en el colegio no se puede.

A veces, cuando estoy en clase
y me entran muchas ganas de bailar,
le digo a la profe Susana que quiero ir al baño.
Salgo de la clase y voy hasta el baño
caminando sobre las puntas de los pies
como una auténtica bailarina.
¡Es maravilloso!

El otro día, la profe Susana me pilló
cuando venía bailando del baño.
Me miró un poco triste y me dijo:

Susana —Rebeca, deja de bailar por los pasillos,
¡que ya tienes 12 años!

Rebeca —Lo siento, profe,
no puedo estar sentada tanto tiempo.
Me duelen las piernas.
Me pican los brazos. Me canso mucho.

Susana —Vamos, a clase.
Esta vez no voy a castigarte, Rebeca,
pero no vuelvas a bailar por los pasillos.
Tienes que aprender a estar tranquila
y a escuchar en clase como los demás.

A los otros chicos y chicas de mi clase
sí les gusta estar sentados.
Vamos, eso creo, porque se mueven muy poco.
A mí me cuesta mucho estar sentada y quieta.

Me rasco, doy golpecitos en la mesa con los dedos.
Juego con el bolígrafo hasta que se me cae,
recojo el bolígrafo. Y así todo el rato.
Muevo las piernas sin parar.
A veces, sin querer, le doy una patada a la mochila.

Como me muevo mucho, me desconcentro.
Y no me entero bien de los trabajos que hay que hacer.
Tampoco me entero de las fechas de los exámenes.
Entonces, le pregunto a mi amigo Antón,
que siempre se entera de todo.

Antón y yo somos muy diferentes.
Él es más alto que yo.
Tiene el pelo castaño, el mío es color miel.
Yo tengo pecas en la cara y él no.
Antón siempre lleva una riñonera con medicinas,
porque tiene asma
y a veces le cuesta respirar.

A mí Antón me parece un chico muy guapo,
pero no se lo he dicho porque me da vergüenza.
A Antón no le gusta correr por el patio
y odia la clase de Educación Física.
Los sitios grandes le ponen nervioso.
A veces, cuando sale a la calle,
se le corta la respiración y le dan ataques de tos.
Por eso, los profesores le dejan quedarse en clase
durante el recreo.

Antón y yo somos muy distintos,
pero es mi mejor amigo del colegio.
Me ayuda con los deberes.
Y cuando él me explica las cosas,
las entiendo fenomenal.
Me gusta escuchar a Antón cuando habla.

ABC
DEFG
HIJK
1.
2.
3
4

Hoy es un día malo para Antón,
pero es un día bueno para mí.
Para mí es bueno porque ¡nos vamos de excursión!
Así que hoy no estaremos sentados en clase.
Vamos a visitar el Museo de Arte y Curiosidades.

En el autobús, Antón y yo nos sentamos juntos.
Yo estoy muy contenta y doy saltos en el asiento
hasta que Antón me dice que me ponga el cinturón.
El autobús pasa por toda la ciudad
para llegar al museo, que está en el centro.
¡Qué nervios! ¡Qué ganas de llegar!

Antón va todo el camino con los ojos cerrados.
Su cara está muy roja.
A lo mejor se está aguantando las ganas de toser,
o de gritar. Ir en autobús le da miedo.
También le da miedo ver tantas calles distintas,
y tanta gente que va de un sitio a otro.
Él solo se siente bien cuando está en sitios conocidos,
dentro de su casa o dentro de la clase.

Como es mi amigo, le cojo la mano para tranquilizarlo.
Pero Antón no se lo espera, y se asusta.
De repente, salta en el asiento y abre los ojos.

ABIERTO

Rebeca —Ay, perdona, no quería asustarte.
Es que me da pena que no mires
por la ventanilla.
¡Mira ese parque!
¡Mira esa señora con su perro!
¡Mira el collar del perro, es rojo y verde!
¡Y mira ese bar,
se llama Helado Oscuro!
Suena como El Lado Oscuro,
o sea, como en Stars Wars.
¿A que es gracioso?

Antón se tapa los oídos con las manos
y cierra los ojos otra vez.
Me callo, me parece que le estoy agobiando.
Pero Antón no se enfada conmigo.
Cuando llegamos al museo y bajamos del autobús,
me mira y me sonríe.
Solo un poco, pero me sonríe.
Y yo también le sonrío a él.

Rebeca —No te preocupes, Antón.
Todo va a ir bien
y el museo te va a encantar,
ya lo verás.

2

EN EL MUSEO

El museo es un edificio muy grande
con columnas de mármol en la puerta.
Susana, nuestra profe, se acerca al mostrador
para sacar las entradas.
Los alumnos la esperamos cerca de un cuadro gigante
lleno de formas y manchas de colores.
Es un cuadro abstracto, sin personas,
animales o paisajes.

Dentro del museo, Antón se tranquiliza.
Mira el cuadro gigante con mucho interés,
se olvida de su miedo y sonríe.
¡Me encanta ver sonreír a Antón!

Por fin, Susana nos reparte las entradas
y entramos en la primera sala del museo.
Nos acercamos a una vitrina
y vemos unos jarrones muy antiguos,
con la pintura gastada y las asas rotas.
Están adornados con dibujos de personas,
animales y monstruos.

Susana empieza con las explicaciones.

Susana —Estos jarrones son muy valiosos
porque los hicieron los antiguos griegos
hace más de 2.500 años.
¿Veis ese hombre con alas?
Es un personaje fantástico.
Se llama Ícaro.

Antón —¡Yo me sé la historia de Ícaro!
El padre de Ícaro se llamaba Dédalo,
y era inventor.
Dédalo le fabricó a su hijo unas alas
para escapar de un laberinto.
Y se las pegó con cera a su espalda.
Ícaro voló muy cerca del sol,
la cera se derritió
y se le rompieron las alas.
El pobre Ícaro cayó al suelo.

Todos miramos a Antón impresionados.
Me siento orgullosa de mi amigo.
¡Sabe muchísimas cosas!

Después de mirar los jarrones griegos,
miramos otra vitrina con monedas antiguas.
Susana sigue con las explicaciones.
Seguro que es muy interesante,
pero me canso de estar aquí de pie, sin moverme.

Mientras los otros compañeros
siguen mirando las monedas,
yo me escapo disimuladamente
hasta una vitrina llena de joyas brillantes.
Leo el letrero que hay al lado:

TESORO DEL SULTÁN DE MALABAR

Me quedo alucinada mirando las coronas de oro,
los collares larguísimos,
los brazaletes, los pendientes de perlas.
Pero lo que más me gusta son las piedras preciosas.
Las piedras rojas son rubíes;
las verdes, esmeraldas, y las azules son zafiros.
Pero la más grande y brillante es transparente.
Es el **gran diamante de Malabar**.
¡Sí que es grande, sí! Es como un huevo de gallina.

La profe Susana y mis compañeros se acercan
a ver el tesoro de Malabar.
Susana me dice:

Susana —Rebeca, no te puedes separar del grupo.
Te tienes que quedar con los demás.

Rebeca —Vale, pero yo ya he visto el tesoro.
¿Tengo que esperar
a que lo vean los demás?

Susana —Sí, Rebeca.
Quédate y escucha las explicaciones.
Seguro que aprendes algo nuevo.

No quiero enfadar a Susana.
Así que me quedo junto a mis compañeros,
mirando las joyas del sultán de Malabar.
Pero mi compañera Clara se pone delante de mí
y ya no me deja ver.
Le digo en voz baja que se aparte.
Clara hace como que no me ha oído
y se queda donde está, tapándome la vitrina.
Mientras, Susana habla y habla.
Oigo palabras sueltas: diamante, rubí, diadema.

Como no veo las cosas de la vitrina,
doy la vuelta para mirar el resto de la sala.
En la pared de enfrente hay un arco y detrás un pasillo.
En el pasillo veo una sombra,
la sombra de una persona que camina de puntillas.

¡Qué cosa más extraña!
Normalmente, la gente no va por los museos
caminando de puntillas.
¿Por qué la sombra anda como una bailarina?
¡Qué misterio!

Observo a mis compañeros.
Todos están muy entretenidos escuchando a Susana.
Si me escapo un momento a investigar esa sombra,
nadie se va a enterar.
Lentamente, doy un paso hacia atrás.
Luego otro, y otro.
Voy tan despacio que no se dan cuenta
de que me escapo.
¡Están concentrados mirando el tesoro de Malabar!

Cuando estoy segura de que nadie me ve,
me lanzo al pasillo que hay detrás del arco.
La sombra ha desaparecido.
El pasillo está desierto.
¡Qué raro es todo!

Espero quieta un momento por si la sombra vuelve,
pero enseguida me aburro de estar quieta vigilando.

Este pasillo es muy largo
y estupendo para bailar.
Así que me pongo de puntillas
y empiezo a caminar moviendo los brazos
como si fueran alas.
Es un paso de ballet muy conocido
que se llama el vuelo del cisne.
¡Qué maravilla!
¡Me está saliendo genial!

Llego hasta el final del pasillo
y luego vuelvo al principio haciendo giros
con los brazos en alto.
Después repito los pasos una y otra vez.
Mientras bailo me entran ganas de cantar,
pero no lo hago porque los vigilantes pueden oírme.
Entonces vendrán a regañarme, seguro.
Así que continúo bailando en silencio.
¡Es una sensación increíble!

Me imagino que vuelo como Ícaro, muy cerca del sol.
Tengo muchísimo calor
y las alas se me empiezan a despegar.

Entonces, de repente, oigo un ruido horrible,
espantoso, infernal,
como mil timbres sonando a la vez.
Me quedo quieta y me tapo los oídos,
pero sigo oyendo el ruido.

¡Ay, madre!, creo que ya sé lo que es.
¡Es una alarma!
¿Estará sonando por mi culpa?
Seguro que está prohibido bailar por los pasillos.

Ya sé lo que ha pasado: los vigilantes me han visto por las cámaras de seguridad.
Me han pillado y por eso ha saltado la alarma.
Ahora vendrán a detenerme.
Llamarán a la policía y Susana se pondrá furiosa.

El ruido es insoportable y no para.
La alarma suena, suena y suena.
Pero nadie viene a buscarme y yo no sé qué hacer.

3

UNA MUJER MUY ELEGANTE

¿Es que nadie puede parar la alarma?
Es muy raro que suene tanto rato.
A mi madre a veces le salta la alarma del coche,
pero ella consigue apagarla enseguida.

Oigo voces en la sala donde están mis compañeros.
Como nadie viene a buscarme,
decido volver con los demás.
Cuando entro en la sala, nadie se fija en mí.
Todos están demasiado ocupados chillando,
haciendo preguntas, yendo de un lado a otro
o tapándose los oídos.

Susana está hablando con un vigilante del museo.
Parece que discuten,
pero con el ruido de la alarma no oigo lo que dicen.
Los chicos y chicas de la clase los observan.

Pero ¿dónde está Antón?
No lo veo. ¡Qué extraño!
No está con los demás. ¿Adónde habrá ido?
A Antón el ruido le pone muy nervioso y le hace sudar.
Voy a ver si lo encuentro.

Me asomo a un pasillo que va hacia unas escaleras,
pero no veo a mi amigo.
Luego miro otra galería. Está vacía.
Regreso a la sala y voy rodeándola
hasta llegar a la entrada del pasillo
donde estuve bailando.
Aprovecho que nadie me ve y me cuelo en ese pasillo.
Entonces veo a Antón corriendo al fondo.
De pronto se para, mira a derecha e izquierda,
abre una puerta y se mete por ella.

Yo ya estuve antes en este pasillo,
y sé que esa puerta es el servicio de las chicas.
¡Antón se ha confundido!
Tengo que avisarle para que salga de ahí.
Ojalá la alarma dejase de sonar.
Ese sonido tan agudo me molesta muchísimo.

Muy decidida, me voy hacia el baño de las chicas.
Pero antes de llegar veo una sombra en el pasillo.
Aparece de repente y me asusta.
Es una sombra alargada de una mujer con tacones.
No quiero que la mujer me vea, así que me escondo
detrás de una columna pegada a la pared.

Desde mi escondite, asomo la cabeza y la observo.
Es una mujer rubia, con el pelo recogido en un moño.
Lleva un traje de chaqueta gris y un bolso blanco.
Me parece realmente elegante.

¡Vaya! La alarma ha parado de golpe.
¡Qué silencio!
Pero ¿qué está haciendo la mujer elegante?
¡Se está quitando los zapatos! Qué raro.
Espero un rato más a ver qué hace.
La mujer va hacia el servicio de las chicas.
¡Pobre Antón! Lo va a descubrir.
Puedo gritar algo para distraerla
y que no entre en el baño.
Así Antón podrá escapar.

Pero, si grito, la mujer me preguntará
por qué lo he hecho. ¿Y qué le voy a decir?
Si me invento una mentira, me meteré en un lío.
No sé qué hacer.
Mientras lo pienso,
la mujer elegante entra descalza en el servicio.
Lleva sus zapatos de tacón en una mano
y su bolso blanco en la otra.

¡Ay, madre!
¿Qué pasará si descubre a Antón?
Voy a acercarme a ver qué pasa.
Tengo que ser valiente y entrar en el servicio.
Sí, lo voy a hacer.

De repente, oigo una voz enfadada que me llama.
Es Susana. Camina hacia mí.

Susana —¡Rebeca, ven aquí inmediatamente!
¿Por qué no estás con los demás?

Rebeca —Es que me hago pis.
Necesito ir al baño.

Susana lanza un suspiro.

Susana —Está bien, vete,
pero vuelve enseguida a la sala grande.
Los vigilantes han dicho
que debemos estar todos juntos.

Rebeca —No te preocupes. Voy enseguida.

Le digo adiós a Susana con la mano
y camino otra vez hacia el servicio de las chicas.
Pero Susana me vuelve a llamar desde lejos.

Susana —Una cosa, Rebeca.
¿Has visto a Antón?

Rebeca —No, ¿por qué?
¿No está con los demás?

Susana —No, no lo encuentro.

Rebeca —Se habrá escondido.
El ruido le pone muy nervioso.
Y esa alarma no paraba de sonar.

Susana —Sí. A mí también me ha puesto nerviosa.
Bueno, voy a ver si encuentro a Antón.
En cuanto salgas del servicio,
vuelve a la sala grande.
No tardes o vendré a buscarte.

Rebeca —Claro, tranquila.

¡Uf! Por fin se ha ido.
Me siento fatal porque no me gusta mentir,
pero lo he hecho para proteger a Antón.
Susana se enfadará si averigua que se ha escondido
en el servicio de las chicas.

Lo mejor será que vaya a buscarlo.
Me da igual que me vea la mujer elegante.
Quiero ayudar a Antón.
Ahora mismo debe de sentirse muy muy angustiado.

Un momento. ¡Otra vez está ahí esa mujer!
Acaba de salir descalza del servicio de las chicas.
Mira hacia los lados, pero a mí no puede verme
porque en medio del pasillo hay una escultura
y yo estoy detrás.
Después de quedarse quieta un instante,
la mujer se aleja deprisa hacia el fondo del pasillo.

4

ANTÓN PIERDE LOS NERVIOS

La mujer elegante abre una puerta al final del pasillo
y entra por ella.
Todo lo que hace me parece muy sospechoso
y me entran ganas de seguirla.
Al salir del baño, me ha parecido diferente.
Algo había cambiado en la mujer, pero ¿qué era?
¿El pelo?
No, lo llevaba igual, recogido en un moño.
¿El traje?
No, llevaba el mismo traje gris,
muy estirado y planchado.
¿Los zapatos?
No, los llevaba en la mano, igual que antes.
¿Su cara, a lo mejor?
Sí, seguro que es eso.
Ahora parecía más tranquila,
mucho más tranquila,
como si se hubiese quitado un peso de encima.

Pero ¿por qué pierdo el tiempo con estas ideas?
Tengo que olvidarme de esa mujer y ayudar a Antón.

Entro rápido en el servicio de las chicas y no lo veo.
Pero hay una puerta cerrada,
así que me arrodillo para mirar por debajo.
No veo nada más que un váter.
Me agacho más y meto la mitad de la cara
por la rendija para ver mejor.
Entonces, encima del váter, veo unos pies.
Son los pies de Antón. Están totalmente quietos,
como si se hubiese convertido en una estatua.

Me pongo de pie otra vez y pego la oreja a la puerta.
Escucho la respiración de mi amigo, rápida y suave.
Doy 2 golpes en la puerta. Antón deja de respirar.

Rebeca —Antón, soy yo, Rebeca.
Bájate del váter y abre la puerta.
La mujer ya se ha ido.

Antón —¿Estás segura?

Rebeca —Claro que sí. La he visto salir.
Venga, sal. Susana te está buscando.

Antón —No. Yo me quedo aquí.
No quiero salir todavía.

Rebeca —Antón, por lo menos bájate del váter
y ábreme la puerta.

Oigo un salto y veo los pies de Antón en el suelo.

Después de unos segundos, la puerta se abre. Antón sale con la cara roja, tiene los ojos mojados. Parece que ha llorado.

Rebeca —Todo está bien, Antón.
La alarma ya ha parado, ¿ves?

Antón —Sí, pero ha sonado mucho rato.
Y el ruido me ha puesto muy nervioso.
¿Por qué crees que habrá sonado?

Rebeca —No lo sé.
A veces las alarmas saltan porque sí,
sin motivo.

Antón —Ya, pero eso no es lo normal.
Lo normal es que salten
porque pasa algo malo.
Algo terriblemente malo.

Rebeca —No, Antón,
nada malo ha pasado, de verdad.
Pero si no salimos de aquí,
nos van a regañar. Sobre todo a ti.
Estamos en el servicio de las chicas,
¿no te has dado cuenta?
Es mejor que no te encuentren aquí.
Venga, ¡vámonos!

Agarro a Antón de la mano, pero él se suelta.

Antón —No pienso salir de aquí todavía.
¿Y si vuelve esa mujer?

Rebeca —No va a volver.
¿Crees que ella te vio antes?

Antón —No, no, seguro que no me vio.
Cuando la oí entrar me subí al váter.
Ella entró en el baño de al lado
y estuvo ahí un rato.
Hacía ruidos muy raros,
como si estuviese dando golpes al váter.

Rebeca —A lo mejor no funcionaba la cisterna
y la mujer daba golpes para arreglarla.
Mi hermano arregla muchas cosas
dando golpes.
Una vez arregló así el lavaplatos.
Otra vez, la televisión.

Antón —Pues me parece un sistema peligroso,
porque si das golpes a las cosas,
lo más fácil es que se rompan.

Me quedo pensando un momento.
Es verdad lo que dice Antón. Ahora que lo pienso,
mi hermano rompe muchas cosas.
Pero eso no importa ahora.

Ahora tenemos que volver con los compañeros.
A lo mejor nos están buscando.

Rebeca —Antón, te lo digo en serio,
tenemos que irnos.
No puedes quedarte aquí.
Ven conmigo, dame la mano.
¿Confías en mí?

Antón —No sé. Creo que no.

Rebeca —Antón, ¡soy tu amiga!
Solo quiero ayudarte.

Antón —No voy a darte la mano.
No soy un niño de 5 años.

Rebeca —Pues si no eres un niño de 5 años,
no te portes como si lo fueras.
Venga, hay que salir de aquí.

Sin esperar a que Antón hable, lo agarro de la mano.
Lo sujeto con fuerza, por si acaso intenta soltarse.
Pero no lo intenta.
Tiro de su brazo para arrastrarlo hacia la salida.
Al principio, Antón se resiste, pero después cede
y se deja llevar.

Estamos a punto de salir del servicio de las chicas, cuando suelto a Antón y me quedo quieta. Me acabo de acordar de algo muy curioso.

Ya sé por qué la mujer parecía diferente. No era por el peinado, ni por el traje, ni por la cara. ¡Era por el bolso! Cuando entró en el servicio llevaba un bolso blanco. Cuando salió, no lo tenía.

Antón me mira impaciente.

Antón —Bueno, ¿y ahora qué pasa?
Creí que tenías prisa.
¿Ya no te preocupa la profe Susana?

Rebeca —Sí, pero hay otra cosa
que me preocupa más.

5

EL MISTERIO DEL BOLSO BLANCO

Antón me mira con los ojos muy abiertos.

Antón —No entiendo, Rebeca.
¿Qué es lo que te preocupa ahora?

Rebeca —La mujer de antes, la mujer elegante.
Cuando entró llevaba un bolso blanco,
pero cuando salió no lo llevaba.

Antón —Se lo habrá dejado olvidado en el baño.
Vamos a mirar.

Antón abre la puerta del baño y mira dentro.
Vuelve a salir con cara de asombro.

Antón —Pues yo no veo el bolso blanco.
No está en el suelo,
ni colgado de la puerta.

Rebeca —Déjame mirar a mí.

Entro en el baño donde estuvo la mujer elegante.
Huele a un perfume intenso, de jazmín, creo.
Antón tiene razón. El bolso no está.
Estoy segura de que la mujer llevaba un bolso
cuando entró en el servicio de las chicas.

Lo vi perfectamente.
Y también estoy segura de que no lo llevaba al salir.
¿Se lo habrá dejado en el lavabo?

Salgo a ver los lavabos. El bolso tampoco está allí.
Miro a Antón.

Rebeca —Esa mujer ha escondido el bolso blanco.
Es la única explicación posible.

Antón —Rebeca, a lo mejor te has equivocado.
Está claro que el bolso no está,
y aquí no hay sitio para esconderlo.

Rebeca —Sí lo hay. La cisterna del váter.
Tú oíste a la mujer golpear la cisterna.

Antón —Bueno, no sé. Solo oí que daba golpes.
Pero no sé si era a la cisterna,
a la tapa del váter o a la pared.

Muy decidida, entro otra vez en el baño
donde estuvo la mujer elegante.
Voy a abrir esa cisterna.
Lo intento, pero no la consigo abrir.
Además, el agua no cae.
¡Qué raro! Parece que la cisterna está vacía.

Antón también ha entrado y se acerca al váter.

Antón —Si quieres abrir, tienes que desenroscar
ese mango de metal
y luego mover la tapa de porcelana.
Yo se lo he visto hacer a mi madre.
¿Me dejas probar?

Miro a Antón sorprendida. Ahora parece tranquilo.
Es como si la historia del bolso blanco
le hubiera hecho olvidar su miedo de antes.
Ya no se acuerda de la alarma.

Rebeca —Prueba si quieres.

Antón desenrosca la pieza metálica de la cadena
y la saca de un tirón.
Después, mueve hacia un lado la tapa de la cisterna
y mira lo que hay debajo.

Antón —Esto está vacío.
Ni siquiera hay agua,
que es lo que tiene que haber
en una cisterna.

Yo también me asomo a mirar.
Es verdad. La cisterna no tiene agua.
Es la primera vez que veo una cisterna vacía,
y es más pequeña de lo que creía.
Meto la mano dentro. Nada.

Antón —Deja eso, Rebeca.
Oigo pasos. Viene alguien.

Ay, madre. ¿Será otra vez la mujer elegante?
Antón y yo nos miramos.
Nos ponemos de acuerdo con los ojos, sin hablar.
Antón cierra la puerta del váter con el cerrojo.
Yo me subo a la tapa del váter.
Luego le tiendo la mano a Antón
y le dejo sitio en la tapa para que se suba también.
Pero Antón no es lo bastante rápido.
Alguien ha entrado en los servicios
y ha visto sus zapatos por debajo de la puerta.

Susana —Antón, sal de ahí. Te he visto.
Deja de esconderte. Todo está tranquilo.

Antón me mira y suspira.
Después, resignado, descorre el cerrojo de la puerta
y la abre lentamente.
Susana le mira primero a él y luego a mí.

Susana —Así que tú también estás aquí, Rebeca.
¡Antes me mentiste!
Sabías dónde estaba Antón
y me lo ocultaste.

Rebeca —Solo quería ayudar a Antón.
El ruido es algo horrible para él.

Susana —Lo entiendo perfectamente,
pero yo soy la profesora
y puedo ayudar a Antón mejor que tú.

Antón —Rebeca es mi amiga.
Ella me ha tranquilizado.
No te enfades, Susana, por favor.

Susana —De acuerdo, luego hablaremos de esto.
Pero ahora tenéis que venir conmigo.
Los guardias de seguridad han ordenado
que vayamos a la entrada del museo.
Creo que ha pasado algo grave.

Antón —¿Algo grave?

Susana —Sí. Por eso sonó la alarma.
Enseguida nos lo explicarán.

6

LA DIRECTORA DEL MUSEO

Cuando llegamos a la entrada del museo,
todos nuestros compañeros están callados.
Tienen cara de susto.
Un guardia de seguridad les habla con voz áspera.

Guardia —Un museo no es un parque.
No se puede venir aquí a hacer el tonto.
Por vuestra culpa ha saltado la alarma,
y eso es muy grave.
En este momento, la directora
está hablando con la policía.
Está informando de lo que habéis hecho.

Susana —Un momento.
¿Por qué está tan seguro
de que las alarmas han saltado
por culpa de nuestro grupo?
¿Tienen alguna prueba?

Guardia —La tenemos, sí.
Una niña se separó del grupo
y se puso a bailar
en el pasillo que va a la galería 2.
Las cámaras del museo la grabaron.
¡Es esa niña de ahí!

Todas las caras se vuelven a mirarme.
¡El guardia me está señalando a mí!
Me entra un calor espantoso en las mejillas.
Seguro que estoy roja. ¡Qué vergüenza!

Susana se pone delante del guardia
y le mira desafiante.

Susana —Creo que usted dice cosas que no sabe.
Aunque esta niña sale bailando
en un vídeo de seguridad,
no significa que sea culpable.
¿O es que en este museo saltan
las alarmas cuando alguien baila?

Guardia —En los museos está prohibido bailar.
Hay que mirar las obras de arte
en silencio y sin molestar a los demás.

Susana —De acuerdo, está prohibido bailar.
Pero ¿usted cree que las alarmas
han saltado por eso?
¿Porque una niña bailaba en un pasillo?

El guardia se rasca la cabeza, pensativo.

Guardia —No, creo que no.
Las alarmas no saltan por esas cosas.
Pero la niña ha podido rozar un cuadro,
romper una vitrina o algo así.

KUSS

En ese momento se oyen voces que se acercan.
Llegan varias personas.
Hay un hombre calvo, una mujer con gafas
¡y la mujer elegante!
La mujer le hace un gesto al vigilante
para que se aparte, mira a su alrededor
con el ceño fruncido y empieza a hablar.

Directora —Buenos días. Me llamo Raquel Martos
y soy la directora del museo.
Tengo que informarles
de que no pueden continuar con la visita,
y tampoco pueden salir del museo.
La policía está viniendo hacia aquí.
Y les va a hacer unas preguntas
porque la situación es muy grave.

Susana —Por favor, esto es una exageración,
¿no creen? Solo ha saltado la alarma.
Y ya ha parado, no es un drama.
¿Por qué no podemos
seguir con la visita?

Directora —No estoy obligada a dar explicaciones,
pero, ya que me las pide, se las daré.
Esto no es solamente por la alarma.
La alarma ha saltado por algo,
por algo gravísimo.

Susana —¿Por qué ha saltado la alarma?

Directora —Porque ha habido un robo en el museo.
Ha desaparecido el diamante
del sultán de Malabar.
Estamos en una situación muy difícil.
El grupo del colegio Los Almendros
era el único que estaba
en esa zona del museo
cuando saltaron las alarmas
y se produjo el robo.
Son los principales sospechosos.

Susana se echa a reír.

Susana —Pero eso es ridículo.
¿Cómo van a robar unos niños
el diamante del sultán de Malabar?

Directora —Usted estaba con ellos.
Y usted no es una niña.

Susana —¿Es que sospecha de mí?
Regístreme ahora mismo si quiere.
¡Aquí tiene mi bolso!

Susana, furiosa, va hacia la directora
y le pone el bolso delante de la cara.
La directora lo aparta con gesto tranquilo.

Directora —Yo no registro a la gente.
Para eso está la policía.
Como les he explicado,
vienen hacia aquí.
Ellos registrarán a todos
y harán las preguntas necesarias.
Yo solo les pido que colaboren.
Nada más.

7

LLEGA LA POLICÍA

Justo en ese momento llega la policía.
Son 4 agentes, 2 hombres y 2 mujeres.
Una de las mujeres coge un megáfono y nos habla.

Eva —Soy la inspectora de policía
Eva Sánchez.
Por favor, que todos los visitantes
acudan a la sala de Egipto.
Vamos a comenzar con los registros
y los interrogatorios.
No se pongan nerviosos.
Está todo controlado.

Todos nos vamos con Susana a la sala de Egipto.
Allí hay ya otras personas.

Los policías y la directora vienen también.
La sala tiene 3 puertas
y en cada puerta se sitúa un guardia de seguridad
para que nadie pueda salir.

Van a investigarnos a todos
para ver si sabemos algo del diamante.

Mis compañeros y yo nos ponemos en una fila.
Cuando le toca,
cada uno tiene que quitarse los zapatos
y dejar que lo registren.
Eso lo hace una policía.

Después, su compañero se encarga de las preguntas.
Con cada niño o niña están unos 5 minutos.
Yo estoy muy atrás en la cola, justo delante de Antón.
Mientras esperamos a que nos toque,
observo la otra cola.
Es la de los visitantes que no venían con el colegio.

Hay un señor japonés,
2 chicas muy rubias que hablan en inglés,
una mujer mayor,
una joven pelirroja vestida de negro,
un hombre calvo que parece muy enfadado,
un chico alto con barba
y otro chico lleno de tatuajes
y con un pendiente en la nariz.

Al señor japonés le dejan marchar enseguida,
pero él se queda cerca de los policías
para sacar fotos de los otros visitantes.
La inspectora se enfada con él.

Eva —Esto no es un espectáculo, señor.
Estamos investigando un robo.
No puede hacer fotos.

El señor japonés sonríe de oreja a oreja.

Señor 1 —Yo poner Twitter, poner Instagram.
Muchas gracias.

Eva —¡Que no!
Le he dicho que no se pueden sacar fotos.

La inspectora Eva le quita el teléfono al señor japonés.
El pobre se queda muy triste.
Creo que no entiende lo que pasa.
Mientras, otro policía interroga al hombre calvo,
que contesta gesticulando mucho y alzando la voz.

Señor 2 —¡Esto es una vergüenza!
¡Ustedes no saben quién soy yo!
Voy a poner una reclamación.
¡Voy a denunciar al museo!

La inspectora Eva se acerca.

Eva —Tiene usted que colaborar,
aunque no le guste.
Un robo es una cosa muy seria.
Por favor, quítese la chaqueta
y los zapatos.

El señor calvo se quita la chaqueta
y se caen al suelo un montón de folletos del museo.
La inspectora le mira con el ceño fruncido.
El señor calvo se pone rojo.

Señor 2 —¿Qué pasa? Colecciono folletos.
Eso no es malo.
Aquí tienen cientos y cientos de folletos
en los mostradores.
Son gratis, así que no estoy robando.

Eva —Aunque sean folletos gratuitos,
cada visitante solo debe coger uno,
no 50, como usted.
¿Para qué quiere tantos?

Señor 2 —¿Y a usted qué le importa?
Eso es asunto mío.

La discusión continúa un buen rato.
Mientras tanto, los policías registran a la mujer mayor
y a la joven pelirroja.
Las 2 contestan a todas las preguntas sin protestar.
Cuando les toca el turno a las chicas inglesas,
las 2 contestan muy alto y riéndose como locas.
Pero ¿qué les pasa?
Deben de creer que todo esto es una broma,
un espectáculo del museo o algo así.

KISS

Vaya, parece que por fin es mi turno.
Un policía me pide que me quite los zapatos.
Mientras tanto, su compañera consulta un ordenador.
Luego levanta la cabeza y me mira.

Agente —Soy la agente Lidia Ríos,
y tú eres Rebeca Sanz, ¿verdad?
La niña que sale bailando en el vídeo.

Rebeca —No lo hice con mala intención.
Solo quería ir al servicio,
pero me gusta mucho bailar,
y había tanto espacio...

Agente —Todo eso está muy bien.
Pero hay un detalle sospechoso.
El final de la grabación de vídeo
ha desaparecido. Lo han borrado.

Rebeca —Oiga, yo no lo he borrado.
¡Ni sabía que había un vídeo!

Agente —Aunque tú no lo hayas borrado,
es sospechoso.
Pudo hacerlo un cómplice tuyo.
Tu profesora, por ejemplo.
Además, está tu amigo,
él también se escapó.
Confiesa, muchacho,
¿tú también participaste en el robo?

La mujer señala a Antón, que está detrás de mí.
Él contesta con la respiración entrecortada,
como si le faltara el aire.

Antón —Yo no he sido. Y Rebeca tampoco.
Ni Susana, nuestra profesora.
Esto es muy injusto.

Agente —Nosotros solo investigamos.
Es nuestro trabajo.
Los únicos del grupo
que se separaron de los demás
cuando sonó la alarma
fuisteis vosotros.
Primero tú, Rebeca,
y después tú, Antón.
Los 2 fuisteis por el mismo pasillo.
Y es muy raro que haya desaparecido
un trozo del vídeo de ese pasillo.

De repente me viene una idea a la cabeza.
La mujer elegante, la directora del museo,
también estaba en ese pasillo
antes de entrar al servicio.
¡Y llevaba los zapatos en la mano!
Creo que debería contárselo a la agente Ríos.

¿Y si la directora se quitó los zapatos
para no hacer ruido
porque estaba haciendo algo malo
y no quería que la oyeran?

¿Y si lo que estaba haciendo era robar el diamante?
Aunque eso no tiene sentido.
¿Para qué iba a robar el diamante
de su propio museo?

Tengo demasiada imaginación.
Será mejor que hable de esto con Antón
antes de contárselo a la policía,
a ver qué opina él.

8

OTRA VEZ EL BOLSO BLANCO

Los interrogatorios de los policías han durado mucho.
Cuando terminan de preguntar al último niño de la clase,
ya son más de las 2 de la tarde.

Eva vuelve a coger el megáfono para hablarnos.

Eva —Les doy las gracias
por su paciencia y cooperación.
Es posible que volvamos
a hacerles preguntas.
Si les llamamos para venir
a comisaría a declarar,
están obligados a hacerlo.

A la salida del museo, se forma un poco de jaleo.
Las madres y los padres de algunos compañeros
han oído la noticia del robo por la radio
y están esperando fuera a que salgamos.
Pero mis padres están en el trabajo.
Seguramente no se han enterado,
y los padres de Antón tampoco.

Susana está hablando por teléfono
para organizar la vuelta al colegio en autobús.
Aprovecho para hablar un rato con Antón.

Rebeca —¿Qué piensas de todo esto?
A mí me parece muy raro
eso del vídeo desaparecido.

Antón —A mí también.
Si alguien ha borrado el vídeo
es porque no quiere que la policía vea
lo que pasó justo cuando sonó la alarma.

Rebeca —Y nosotros sabemos lo que pasó.
La directora del museo entró en el baño
con un bolso blanco, pero salió sin bolso.

Antón —Sí, pero el bolso no estaba
en el servicio de las chicas.
Lo buscamos por todas partes.
A lo mejor la directora sí lo llevaba
cuando salió y tú no lo viste.

Rebeca —No, Antón. Estoy segura
de que no lo llevaba. El bolso blanco
tiene algo que ver con el robo,
y la directora también.

Antón —¿Tú crees que dentro del bolso estaba
el diamante del sultán de Malabar?

Rebeca —Creo que sí.
Pero no entiendo por qué la directora
quiere robar el diamante. ¡Es su museo!

ENTR A
KUSS

Antón —Bueno, el museo no es de la directora.
Ella es solo una empleada,
la empleada más importante.
Seguro que se encarga de vigilar
que todo funcione.

Rebeca —Pues si tiene que vigilar
que todo funcione,
no le interesa que haya un robo.
¡Sus jefes dirán que no ha cumplido
con su obligación
y que el robo es culpa suya!

Antón —Es verdad. Además,
la directora puede entrar
en el museo cuando quiera.
Seguro que tiene llaves
de todas las cerraduras.
Podría robar el diamante
en cualquier momento.
¿Por qué iba a robarlo mientras hay
una visita de niños de un colegio?
Es mucho más peligroso para ella.

En ese momento, Eva se acerca a hablar con Susana.
Las 2 parecen muy preocupadas.
La directora del museo va hacia ellas
y las 3 charlan en voz baja.

Rebeca —A lo mejor deberíamos contarle a Eva
que vi a la directora
entrando en el servicio
con los zapatos en la mano.

Antón —Sí, sería lo mejor.
Así Eva inspeccionará el servicio
de las chicas y encontrará el bolso.
¡Acércate a ella y cuéntaselo, Rebeca!

Rebeca —¿Yo? ¿Por qué yo?
Es mejor que se lo digas tú.
Eva cree que yo soy la ladrona.
No confía en mí.

Antón —Tampoco confía en mí.
Piensa que estamos compinchados
y que los 2 tenemos relación con el robo.
Díselo tú. Yo me pongo muy nervioso.
A lo mejor me entra un ataque de asma.

Me parece injusto que Antón no quiera colaborar.
Pero cuando estoy a punto de decírselo,
veo algo que me hace olvidarme de la jefa de policía
y de lo que estábamos hablando.
Algo muy muy interesante.

Antón me sacude un brazo con fuerza.

Antón —Rebeca, ¿has oído lo que te he dicho?

Rebeca —No, lo siento. Estaba distraída.

Antón —Te decía que te espero aquí
mientras hablas con Eva.
Pero ¿por qué no me miras, Rebeca?

No miro a Antón porque estoy mirando otra cosa.
Bueno, estoy mirando a otra persona.
Es la chica pelirroja y vestida de negro
que estaba dentro del museo con los otros visitantes.
Acaba de salir por la puerta principal del museo
y cruza la calle corriendo.
Lleva puestas unas gafas de sol
y un bolso blanco que antes no tenía.

La chica pelirroja se aleja a toda prisa
por la acera de enfrente.
Rápidamente, tiro de Antón para cruzar la calle.

Antón —Pero ¿qué haces, Rebeca?
¿Ya no quieres hablar con Eva
para que busque el bolso blanco?

Rebeca —No, Antón. Ya no hace falta.
Ya lo he encontrado. Lo lleva esa chica,
la que está al otro lado de la calle.
Y nosotros la vamos a seguir.

9

EL HOTEL GRAN LUX

Cuando vamos a cruzar la calle, Antón se para.
Yo intento arrastrarlo, pero no consigo moverlo.
Es más alto que yo y tiene más fuerza.
Está claro que no quiere seguir mi plan.

Miro hacia la chica pelirroja.
Camina muy rápido por la otra acera.
Si no nos damos prisa, la perderemos de vista.

Rebeca —Antón, tenemos que seguir a esa chica.
¿La ves? La pelirroja, en la otra acera.
Lleva el bolso de la directora.

Antón —No pienso hacer eso.
Si esa mujer es una ladrona,
significa que es peligrosa.

Rebeca —Pues entonces, déjame que vaya sola.
Antón, por favor, ¡suéltame!

Intento escapar, enfadadísima,
y le grito a Antón para que me suelte.
Pero él me agarra muy fuerte y no me deja irme.
¡La pelirroja se nos va a escapar!

Susana se acerca a ver qué pasa.

Susana —¿Por qué gritas, Rebeca?
¿Qué ocurre, Antón?

Yo señalo hacia la otra acera.

Rebeca —Aquella chica pelirroja tiene el diamante.
Quiero seguirla, pero Antón no me deja.
¡Se va a escapar!

Susana duda un momento. Me mira a mí, mira a Antón y mira hacia la chica pelirroja. De pronto, toma una decisión y me coge de la mano.

Susana —Vamos tras ella. Luego me explicas
cómo sabes que tiene el diamante.

Los 3 cruzamos la calle rápidamente. Vamos andando deprisa para no perder de vista a la mujer pelirroja. ¡Camina muy rápido!

Por la calle hay mucha gente. Es difícil avanzar. Estamos en el centro de la ciudad. A esta hora, muchas personas salen del trabajo y se van a sus casas o a comer a un restaurante. Pero Susana sabe cómo abrirse paso. Va delante de nosotros y encuentra los huecos entre la gente para no tener que parar.

Poco a poco, nos acercamos a la chica pelirroja. Ahora camina más tranquila. No sabe que la seguimos.

Susana —Es mejor que no nos acerquemos más.
Ahora podemos ir más despacio.
Rebeca, explícame lo que pasa.
¿Por qué crees que esa mujer tiene el diamante robado? ¿Qué has visto?

Rebeca —Es largo de explicar.
¿Ves el bolso blanco que lleva?
No lo tenía cuando habló con la policía.
Yo creo que lo cogió después, en el servicio de las chicas.

Susana —¿Y cómo lo sabes?
¿Viste el bolso en el servicio?

Rebeca —No, pero vi a la directora del museo entrar en el servicio con él.
Y luego la vi salir sin el bolso.

Susana —¿Y es el mismo que lleva esa mujer?
¿Estás segura?

Rebeca —Sí, sí, es el mismo bolso.
Pero ¿dónde está esa mujer?

Antón señala un edificio con banderas.
Es el hotel Gran Lux.

Antón —Se ha metido ahí, en el hotel Gran Lux.

Susana —Pues vamos a entrar nosotros también.
Rápido.

Aceleramos para entrar en el Gran Lux.
Tiene una de esas puertas giratorias
que te hacen ir muy despacio detrás de un cristal
dando la vuelta hasta que estás dentro del edificio.

Entramos en el vestíbulo y miramos por todas partes.
Hay macetas enormes con palmeras,
un mostrador de madera donde está la recepción
y 3 ascensores con las puertas doradas.
También hay sillones y alfombras.
Varias personas salen de un ascensor,
una mujer habla con el recepcionista
y hay un anciano sentado en uno de los sillones,
pero la pelirroja no está.

Susana se acerca al mostrador de recepción.

Susana —Por favor, ¿podría decirme el número
de habitación de la mujer pelirroja
que pasó por aquí hace un momento?
Soy su amiga.

Conserje —No puedo dar el número de habitación
de los huéspedes del hotel.
Si esa mujer es su amiga,
llámela al móvil.

Susana —Ya lo he hecho hace un rato,
y no contesta.
Pero no se preocupe.
Entiendo que no quiera darme
su número de habitación.
Volveré a llamarla, a ver si lo coge.

Susana, Antón y yo nos alejamos hacia los sillones.
Susana saca su móvil del bolso.
Antón la mira asombrado.

Antón —¿De verdad vas a llamar a esa mujer?
¿Sabes su número?

Susana —No, Antón. No voy a llamarla a ella.
Voy a llamar a mi amigo Miguel,
que es policía.
Él nos dirá qué podemos hacer.
Seguro que nos ayuda.

10
UNA LARGA ESPERA

Susana habla mucho rato con Miguel, el policía.
Se ha alejado un poco y no oímos la conversación.
Antón y yo nos hemos sentado en un sofá del hotel.
Antón está callado, no me mira. Solo mira al suelo.

Me enfada que pase de mí, así que decido hablarle.

Rebeca —Oye, Antón, lo de antes no estuvo bien.
Cuando me sujetaste
para no seguir a la chica.
¿Por qué lo hiciste?

Antón —Me pareció peligroso.

Rebeca —Yo no te obligaba a venir conmigo.
Intenté seguirla yo sola,
pero tú estabas agarrándome.
¿Por qué no me dejabas marcharme?

Antón se ha puesto rojo. Por fin me mira.

Antón —Porque tenía miedo. Tenía miedo por ti.
Me asusta la idea
de que te pase algo malo.
Tú eres muy importante para mí, Rebeca.

Ay, madre. Ahora yo me estoy poniendo roja.
Estoy emocionada. Soy importante para Antón.
¡Soy importante para Antón!
Pero eso es ¡maravilloso!
Porque Antón también es importante para mí.

No sé qué decir. Me he quedado sin palabras.
Antón parece nervioso por mi silencio.

Antón —No te molesta lo que te he dicho, ¿verdad, Rebeca?

Justo estoy a punto de contestarle
cuando regresa Susana.

Susana —Mi amigo Miguel viene hacia aquí.
Hoy es su día libre,
pero le he contado lo del bolso blanco
y quiere ayudarnos.

Rebeca —¿Tu amigo trabaja con Eva
y con los policías que conocimos
en el museo?

Susana —Conoce a la inspectora Eva,
pero no es compañero suyo.
Miguel trabaja en otra parte de la ciudad.
Ahora va a venir como amigo,
no como policía.
Aunque, si hay problemas,
avisará a la inspectora.

Rebeca —¿Y va a tardar mucho?

Susana —Unos 20 minutos.
Tiene que venir desde su casa.

Antón —¿Y qué vamos a hacer hasta que llegue?

Susana —Nada. Esperar y vigilar.
Puede que la mujer vuelva a salir.
No perdáis de vista los ascensores.

Hacemos lo que dice Susana.
Esperamos y esperamos.
Casi me quedo dormida de aburrimiento.
¡No me gusta esperar!
Con lo grande que es la entrada de este hotel,
podría ponerme a bailar aquí. Es un sitio perfecto.
Pero creo que llamaría demasiado la atención
y podrían echarme.
Es mejor quedarme quieta,
aunque me resulta muy difícil. ¡Paciencia!

Uy, creo que se me han cerrado los ojos.
¿Me he quedado dormida? ¡Me parece que sí!
Me despierto de golpe
cuando Antón me agarra por el brazo
y me habla en voz baja.

Antón —Mira, es ella, la mujer pelirroja.
Acaba de salir del ascensor.

Susana —¡Sí, es ella! Se ha cambiado de ropa.

Susana tiene razón.
La mujer lleva chaqueta y pantalones vaqueros.
Se ha recogido el pelo y ya no lleva el bolso blanco,
ahora lleva una mochila de colores.
La vemos atravesar el vestíbulo del hotel
y salir por la puerta giratoria.

Rebeca —¿Qué hacemos?
¿La seguimos otra vez?

Susana —No. Vamos a esperar.
Ahora que la mujer se ha ido,
podemos aprovechar
y registrar su habitación.

Antón —Pero no sabemos cuál es su habitación.
Y el conserje no nos lo va a decir,
ya lo sabes.

Susana —Antes no nos lo dijo,
pero Miguel es policía
y a él seguro que se lo dice.

Así que seguimos esperando a Miguel.
Esto de esperar sin moverme es muy difícil para mí.
¡Cómo me gustaría levantarme
y dar unos cuantos saltos de bailarina
y hacer unos giros!
Pero no puedo. Estropearía la misión.

Para tranquilizarme, miro a Antón.
Él se da cuenta y también me mira.
Entonces me acuerdo de lo que dijo antes.
¡Soy importante para él!
Sin pensarlo, le sonrío.
Antón aparta la vista, avergonzado.

Miro de reojo a Susana.
¿Se habrá dado cuenta de que he sonreído a Antón?
Espero que no. Ahora yo también siento vergüenza.

Pero Susana no está pendiente de nosotros.
Acaba de ponerse de pie
y mira hacia la puerta giratoria del hotel.
Señala hacia un hombre que acaba de entrar.

Susana —Ese es Miguel.
¡Vamos! Tenemos que actuar deprisa,
antes de que vuelva esa mujer.

11
HABITACIÓN 313

Miguel no viste de policía. Lleva ropa deportiva,
parece que acaba de salir del gimnasio.
En su brazo derecho se ve un tatuaje de mariposas.
Queda un poco raro en un policía.

Miguel —Hola, Susana. Hola, chicos.

Susana —Te presento a Rebeca y a Antón.
Chicos, este es Miguel.
Qué bien que ya has llegado.
Hay novedades.

Miguel —¿Qué ha pasado?

Susana —La mujer pelirroja ha salido del hotel.
Podíamos haberla seguido,
pero pensamos que era mejor esperarte.

Miguel —Habéis hecho bien. Ahora que está fuera,
podemos registrar su habitación.
Vamos a hablar con el conserje.

Nos dirigimos los 3 hacia la recepción del hotel.
Miguel saca su placa de policía y la enseña.
El conserje mira la placa y luego mira
el brazo tatuado de Miguel con cara de extrañeza.

Miguel —Soy Miguel Marcos, inspector de policía.
Estoy investigando un robo.
Necesito saber quién es
la mujer pelirroja
que se aloja en el hotel.

Conserje —Yo no sé quién es la mujer pelirroja.
No sé los nombres de los clientes.

Susana —Salió hace diez minutos del hotel.
Seguro que la vio pasar.
Llevaba vaqueros.

Conserje —Sí, sé quién me dice.
Pero no sé su nombre
y tampoco sé su número de habitación.
Voy a preguntar a mi compañera.

Miguel —Pregunte rápido, por favor.
Tenemos que subir a esa habitación
antes de que vuelva.

El conserje entra en una habitación que hay
a la izquierda del mostrador y sale a los 2 minutos.

Conserje —Ya sé el nombre de la mujer.
Se llama Catalina Herrera.
Su habitación es la 313.
Pero no puedo dejarles entrar
si no traen una orden de registro.

Miguel —Puedo conseguir la orden para mañana, pero entonces será demasiado tarde. Esa mujer es sospechosa de un robo. Tenemos que registrar su cuarto ahora, antes de que pueda vender el diamante que ha robado. Por favor, déjenos subir. Puede venir con nosotros si quiere.

Conserje —Bueno, me pone usted en un aprieto. Tendría que preguntar al director, pero ahora no está en el hotel.

Miguel —Pues esto no puede esperar. Ya le he dicho que se trata de un asunto muy grave. Su obligación es colaborar con la policía.

Conserje —Está bien. Avisaré a mi compañera para que atienda el mostrador y subiré a la habitación con ustedes.

El conserje va al despacho
a hablar con su compañera.
La mujer sale y ocupa su puesto,
y él viene con nosotros.
Lleva en la mano una tarjeta.

Subimos en el ascensor a la tercera planta.
Seguimos los rótulos hasta llegar a la habitación 313.

El conserje abre la puerta con la tarjeta y entramos.
La habitación está bastante desordenada.
Sobre la cama hay 2 vestidos,
uno verde y otro a rayas.
También están los pantalones y el jersey negro
que llevaba la mujer en el museo.

Antón señala hacia una mesa de cristal.

Antón —¡El bolso blanco!
¡Está ahí!

Miguel va hacia el bolso y lo coge. Abre la cremallera
y le da la vuelta para vaciarlo y ver lo que hay dentro.
Del bolso caen un pintalabios, una funda de gafas,
un paquete de pañuelos, un cepillo de dientes
y un par de monedas sueltas.
Antón y yo nos miramos decepcionados.

Rebeca —El diamante no está. ¡Qué mala suerte!
Yo creía que estaría ahí dentro.

Susana —Seguro que la ladrona lo llevaba
en la mochila hace un rato,
cuando salió del hotel.
A lo mejor iba a entregar
el diamante a alguien.
Deberíamos haberla seguido.
Hemos perdido una gran oportunidad.

Miguel —Te equivocas, Susana.
Es mejor así. Hicisteis lo correcto.
Seguir a esa mujer era muy peligroso.
Al menos ya sabemos su nombre.
Diré a la inspectora Eva
que la investigue.
Es lo único que podemos hacer.

Mientras Miguel habla, abro los cajones del armario para ver si Catalina ha guardado el diamante ahí. Pero los cajones están vacíos.

Antón se acerca al armario.
Encima de los cajones hay una caja fuerte.

Antón —Mira dentro de esa caja, Rebeca.
A lo mejor el diamante está ahí.

Intento abrir la caja tirando del asa de la puerta, pero no lo consigo. El conserje se acerca alarmado.

Conserje —¡No tires tan fuerte!
¡Vas a romper la caja!

Rebeca —¡Pues vaya caja fuerte más frágil
si se rompe con un empujoncito!

Conserje —Es una caja fuerte
de la mejor calidad.

Miguel —Bueno, no vamos a discutir
por tonterías.
Usted, como es el conserje,
puede desbloquear la caja,
¿a que sí?

El conserje suspira.

Conserje —Sí puedo. Tengo un código
que abre todas las cajas del hotel.
Es una medida de seguridad,
por si a un cliente se le olvida su clave
y no puede abrir su caja.

Miguel —Estupendo. Pues abra la caja ya.

El conserje duda un momento,
pero al final teclea los números del código
en la puerta de la caja.

La caja se abre haciendo clic.
Miguel mete la mano dentro y saca algo.
Es una bolsa de plástico pequeña,
como las que dan en las farmacias.

Miguel rebusca dentro de la bolsa
y saca una piedra que brilla muchísimo.
¡Es el diamante del sultán de Malabar!
¡Al fin lo hemos encontrado!

12

UN ATAQUE DE ASMA

Cuando veo el diamante, me pongo a saltar de alegría.
Sin pensarlo, abrazo a Antón y sigo saltando.
Antón no se mueve, se ha puesto muy rojo.
Me separo de él.
De su boca sale un sonido raro,
como el pitido de un globo al desinflarse.
Susana se acerca con cara de preocupación.

Susana —Antón, ¿estás bien? ¿Qué te pasa?

Antón intenta hablar, pero se queda sin aire.
Otro pitido sale de su pecho. Le cuesta respirar.
Miro a Susana asustada.

Rebeca —¡Es un ataque de asma!
Ya le pasó otra vez en el colegio.

Susana —Sí, lo recuerdo. No perdamos los nervios.
Antón, ¿dónde tienes el inhalador?

El inhalador sirve para que los enfermos de asma
puedan respirar mejor.
Normalmente, Antón siempre lleva uno en la mochila.
Pero hoy no ha traído la mochila, solo una riñonera.
Susana busca en la riñonera, pero no encuentra nada.

Antón —Se me ha olvidado el inhalador.

Susana mira a su amigo Miguel.

Susana —Tengo que ir a la farmacia
a comprar un inhalador para Antón.
Esperadme aquí, por favor.

Miguel —Susana, es mejor que vayáis los 3 juntos.
Ahora hay que detener
a Catalina Herrera.
Voy a pedir refuerzos.
Vendrán más policías.
Una detención siempre es peligrosa.
La ladrona podría tener un arma.
No podéis quedaros aquí.

Susana —Será un momento. Volveré enseguida.
Antón necesita ayuda urgente,
y eso es más importante
que el diamante.

Susana se va a comprar el inhalador.
Miguel mira al conserje.

Miguel —Usted baje a recepción.
Cuando la ladrona vuelva al hotel,
llame a la habitación.
Tiene que avisarnos.

Conserje —De acuerdo. Los avisaré.

El conserje se marcha.
Antón y yo nos quedamos solos con Miguel.
Los pitidos del pecho de Antón son agudos y largos.
El policía saca el móvil y hace una llamada.

Miguel —¿Inspectora Eva Sanz?
Soy Miguel, de la comisaría 24.
Hemos encontrado
el diamante del museo.
Necesito refuerzos.
Estoy en el hotel Gran Lux.
La ladrona podría volver enseguida.
Habitación 313. Dense prisa.

Cuando termina de hablar, Miguel nos mira.

Miguel —La inspectora viene para acá.
¿Cómo te encuentras, Antón?

Antón no puede hablar. Así que contesto yo por él.

Rebeca —Se encuentra mal. Y es por mi culpa.
No tenía que haberle abrazado.
Siempre hago las cosas mal.

Antón me mira asombrado y dice no con la cabeza.
Como no puede hablar, coge un bloc de notas
que hay en la mesilla y escribe algo con un lápiz.
Luego me lo enseña.

Mi ataque de asma no es culpa tuya.
Me gustó que me abrazaras.
Me gustan las cosas que haces.
Además, bailas muy bien.

Cuando termino de leer la nota, le miro sonriendo.
Antón también me sonríe a mí. ¡Qué curioso!
Los pitidos del asma han desaparecido.
¡Antón vuelve a respirar con normalidad!

Llaman a la puerta de la habitación.
Miguel va a abrir.
Susana entra a toda prisa.
Saca el inhalador de una bolsa y se lo da a Antón.

Antón —Ya no lo necesito, gracias.
Se me ha pasado.

Antes de que Susana pueda contestar,
llaman a la puerta otra vez.
Miguel abre.
Es la inspectora Eva Sanz con otros 2 policías.
Entran todos en la habitación.

Eva —¿Llegamos a tiempo?
¿Todavía no ha vuelto la ladrona?
¿Qué hacen aquí estos chicos?

3 1 3
KUSS

Miguel —Hemos encontrado el diamante
gracias a ellos.
Se fijaron en que la ladrona
llevaba un bolso al salir del museo.
Pero era un bolso que no tenía antes.
Así que decidieron seguirla
con su profesora Susana.
Susana es mi amiga
y me avisó para que viniera.

Eva —¡Buen trabajo, chicos!
Pero ahora tenéis que iros.
Cuando llegue la ladrona,
no podéis estar aquí.
Sería peligroso.

Susana —Tiene razón, inspectora.
Ya nos vamos.

Justo en ese momento suena el teléfono.
Miguel lo descuelga y habla un momento.
Cuando termina de hablar, nos mira a todos.

Miguel —La ladrona ya ha vuelto.
El conserje acaba de avisarme.
Catalina Herrera está subiendo
en el ascensor.

13

LA HISTORIA DE CATALINA

Todos nos quedamos callados y quietos
esperando a que la ladrona llegue a la habitación 313.
Oímos pasos que se acercan por el pasillo.
Casi no me atrevo a respirar. Miro a Antón.
¡Espero que no le dé otro ataque de asma!
Como se ponga a toser, nos van a pillar.

La puerta de la habitación se abre con un chasquido.
Entra Catalina Herrera, la ladrona.
Viene con bolsas de una tienda de ropa.
Al ver a tanta gente dentro de su habitación,
pega un grito y sale corriendo por la puerta.

La inspectora Eva se lanza detrás de ella.
Miguel la sigue, oímos voces en el pasillo.
Cuando salimos, la ladrona está contra la pared.
Eva le está poniendo las esposas.

Catalina Herrera ya no intenta escapar.
Tiene lágrimas en los ojos.
Me da un poco de pena, aunque sea una ladrona.

Miguel y Eva la llevan de nuevo a la habitación 313.
Nosotros vamos también.
Catalina nos mira sorprendida.

Catalina —¿Vosotros estabais antes en el museo?

Rebeca —Sí. Y te vimos salir con el bolso blanco.

Catalina —Bueno, es verdad que cogí un bolso.
Me lo encontré en los lavabos.
Pero eso no es tan grave.

Miguel —Basta, Catalina.
Sabemos lo que había en el bolso.
Hemos abierto la caja fuerte
y hemos encontrado el diamante.
Será mejor que confieses.
Te pusiste de acuerdo con la directora,
¿verdad?
Rebeca la vio entrar
en el servicio de las chicas
con el bolso en la mano.
Y luego la vio salir sin él.

Rebeca —Es verdad. Antón y yo fuimos al servicio
para buscar el bolso,
pero no lo encontramos.

Catalina —El bolso estaba muy bien escondido
en la cisterna,
dentro de un espacio secreto.

Rebeca —¡Claro! Por eso, cuando miré dentro,
la cisterna me pareció muy pequeña.
¡Había una parte secreta que no se veía!

Catalina —Sí, la directora dejó ahí el bolso
para que yo lo recogiera.

Eva —Entonces reconoces
que robaste el diamante
con ayuda de la directora del museo.

Catalina —Yo solo cogí el bolso blanco.
No sabía que dentro estaba el diamante.
La directora me contrató
para recoger el bolso del servicio
cuando la policía se marchara.
Me dijo que trajese el bolso al hotel
y que lo metiese en la caja fuerte
de la habitación.
Pero esta caja fuerte es muy pequeña
y el bolso no cabía.
Por eso lo abrí y descubrí el diamante.
Me asusté mucho. No sabía qué hacer.
Pero como ya lo había robado,
pensé que lo mejor era seguir
las instrucciones de la directora
y guardarlo en la caja.

Eva —Pero ¿por qué confiaste en ella?
¿No sospechaste
que podía ser una trampa?
Es un poco raro que alguien te contrate
para recoger un bolso, ¿no te parece?

Catalina se echa a llorar. Le tiemblan los labios y le entra el hipo.

Catalina —Es verdad. Me pareció raro.
Pero necesitaba el dinero. Por eso lo hice.
La directora me pagó 5.000 euros
a cambio de recoger el bolso.
¡Era tan fácil!
Decidí no hacerme preguntas
y aceptar el trato.

Eva —¿Cómo conociste a la directora?

Catalina —Me la presentó un amigo.
Yo le había contado
que estaba desesperada
porque no podía pagar
el alquiler de mi casa
y me iban a echar.
Mi amigo me dijo
que la directora del museo
estaba buscando a una chica joven
para un trabajo delicado.
Yo le dije que podía contar conmigo
y que le diera mi teléfono.
2 días después,
la directora me llamó
y me ofreció dinero
por sacar el bolso del servicio.

Miguel —¿Tienes pruebas de todo eso?

Catalina —No tengo pruebas, pero es la verdad.

Eva —Aunque sea la verdad,
necesitamos pruebas. Si no,
no podremos detener a la directora.

Susana —Rebeca vio a la directora
entrar en el servicio con el bolso
y salir sin él. ¡Eso es una prueba!

Eva —No es suficiente.
Si la directora dice que Rebeca miente,
un juez podría creerla a ella.
La directora es una mujer importante
y respetada. Rebeca es solo una niña,
y nadie la va a creer. Además,
hay un vídeo donde Rebeca aparece
haciendo tonterías en un pasillo.
Y una parte del vídeo ha desaparecido.
Esto la convierte en sospechosa.

Antón —Rebeca no estaba haciendo tonterías.
Estaba bailando. De mayor quiere
ser bailarina, y baila fenomenal.
Bailar no es portarse mal.

Me emociona que Antón me defienda.
Le doy las gracias con una sonrisa.
Pero Eva no parece convencida.

Eva —Temo que la directora se escape.
Necesitamos demostrar
que es cómplice del robo,
pero no sé cómo hacerlo.

Entonces se me ocurre una idea.
Es una idea un poco loca, pero podría funcionar.

Rebeca —¿Y si ponemos una trampa a la directora?
Vamos al museo y le decimos
que yo robé el diamante.
Ella se sorprenderá porque es mentira.
Cuando la gente se sorprende,
a veces deja escapar sus secretos.

La inspectora Eva me mira con admiración.

Eva —¡Es una gran idea, Rebeca!
Miguel y mis compañeros
se llevarán a Catalina a la comisaría.
Rebeca, tú me acompañarás al museo
para hablar con la directora.

Antón —¡Susana y yo también vamos!

Susana —Pero tú odias las situaciones peligrosas.
Te pones nervioso y te entra asma.

Antón —No tengo miedo. Rebeca es mi amiga
y quiero estar con ella.
Todo saldrá bien, Susana, ya lo verás.

14

UNA TRAMPA PERFECTA

Eva nos lleva al museo en su coche policial.
Por culpa del robo, el museo está cerrado al público, pero las oficinas donde trabaja la directora están abiertas.
Entramos por la parte de atrás del edificio.
En la puerta hay un guardia de seguridad.
Eva le muestra su placa de policía y nos deja pasar.
Subimos al despacho de la directora del museo.
Está en la planta 4.

La directora se pone algo nerviosa al vernos.

Directora —¿Otra vez por aquí, inspectora?
¿Ya han encontrado el diamante?
¿Por qué viene con estos niños
y con su profesora?

Eva —Sí, ya hemos descubierto el diamante.
Lo tenía esta niña.
Por fin ha confesado.

La directora se da la vuelta y me mira asombrada.

Directora —No entiendo. ¿Esta niña es la ladrona?

Ahora tengo que mentir para engañar a la directora.
Esto va a ser difícil, yo odio mentir.

Rebeca —Sí. Yo robé el diamante.
Noté que el museo tenía un fallo
en la seguridad y decidí aprovecharlo.
¡Era una gran oportunidad!
Lo malo es que me han descubierto.

La directora del museo se echa a reír

Directora —Eso es mentira.
Esta niña no ha robado el diamante.
Dice eso para hacerse la interesante.

Eva —Rebeca no miente. Ha dicho la verdad.
Ella nos ha entregado el diamante.
Estaba dentro de un bolso blanco.
Ahora vamos a estudiar las huellas
que hay en el bolso y en el diamante.
Las compararemos con las huellas
de todas las personas
que había en el museo.
También con las suyas, directora.
Sinceramente, nos parece muy raro
que una niña sola haya planeado
un robo tan perfecto.
Creemos que alguien la ayudó
y ha podido ser usted.

La directora del museo se pone blanca.
Parece que va a caerse al suelo del susto.

Directora —Yo encontré un bolso blanco en el servicio y lo cogí un momento para curiosear, pero no es mío.

Rebeca —Ah, ¿lo cogió? Entonces, ¿usted lo escondió en la cisterna del váter?

La directora me mira asustada.

Directora —Yo no escondí el bolso en la cisterna. Eso es ridículo.

Antón —Yo estaba en el servicio de al lado y la oí abrir la cisterna.

Directora —Bueno, hacer ruido no es un delito. Y no podéis probar lo de la cisterna. Porque no encontrasteis nada dentro, ¿verdad que no?

Voy a mentir otra vez. Espero no ponerme colorada.

Rebeca —La verdad es que Antón vio por debajo de la puerta del servicio cómo escondió el bolso en la cisterna. Lo grabó todo con el móvil.

Directora —Eso es imposible.
Porque entonces habríais descubierto
el espacio secreto de la cisterna.
Y habríais sacado el bolso
antes que Catalina.

Eva saca su móvil y se lo enseña a la directora.

Eva —Se acabó. He grabado la conversación.
Usted acaba de confesar
que robó el diamante
y lo escondió en el váter.
Pero ¿por qué lo hizo?

La directora esconde la cara entre las manos.
Parece avergonzada.

Directora —Odio mi trabajo, estoy harta de él.
Necesitaba dinero para jubilarme.
Iba a vender el diamante
por un millón de euros.

Eva —Pero vender un diamante tan famoso
es muy difícil. Todo el mundo lo conoce.

Directora —Yo había encontrado
un comprador para el diamante.
Es un mafioso de Estados Unidos.
Pero esta niña lo ha estropeado todo.
Su mentira me ha puesto nerviosa
y he confesado el robo como una tonta.

DIRECCIÓN

Eva —En realidad ya sabíamos la verdad.
Hemos detenido también a su cómplice,
Catalina Herrera.
Sabemos que estaban organizadas
para robar el diamante.
Esto se acabó, directora.
Queda usted detenida.

La directora se lanza corriendo hacia la puerta,
pero tropieza con Antón y cae al suelo.
Intenta ponerse de pie,
pero Eva le coloca las esposas.
Después, la inspectora saca el móvil
y llama a sus compañeros.

Eva —Acabo de detener a la directora.
Envíen refuerzos para vigilarla
y llevarla a la comisaría.

Eva cuelga el teléfono, mira a Antón
y luego me mira a mí.

Eva —Bueno, chicos. Gracias por todo.
Vuestra ayuda ha sido fundamental
para resolver este caso.
Gracias a que Rebeca se fijó en el bolso,
hemos encontrado el diamante.

Rebeca —Y gracias a que Antón se escondió
en el servicio de las chicas,
yo fui a buscarlo
y me enteré de lo del bolso.

Antón —¡Es verdad!
Deberían darnos una recompensa.

La inspectora nos sonríe.

Eva —Es una buena idea.
Merecéis una recompensa
por recuperar el diamante
del sultán de Malabar.

15

SORPRESA FINAL

Ya han pasado 2 semanas desde la visita al museo.
La noticia del robo ha salido en los periódicos
con fotografías de las 2 ladronas:
Catalina Herrera y la directora Raquel.

Los periódicos decían que las habían detenido
gracias a la ayuda de 2 alumnos de Los Almendros.
No aparecía el nombre de Antón y tampoco el mío.
Pero a nosotros nos da igual,
no queremos ser famosos.
Bueno, yo sí quiero ser famosa de mayor,
cuando sea bailarina, pero ahora no.

En el colegio, la vida sigue como siempre.
Aunque Antón y yo hemos cambiado un poco.
Yo ya no me escapo al pasillo para bailar.
No lo necesito.
Ahora, en el recreo, me dejan ir al gimnasio
para ensayar mis pasos de baile. ¡Es maravilloso!
Cuando vuelvo del gimnasio, después del recreo,
trabajo mucho mejor en clase y estoy más tranquila.

Antón también está un poco diferente.
En los últimos días no ha tenido ataques de asma
y ya no se pone nervioso cuando estamos juntos.

A veces me acompaña al gimnasio para verme bailar.
Nos encanta estar juntos,
yo creo que estamos enamorados.
Pero no se lo he dicho para que no se asuste.
A algunas personas
la palabra amor les da algo de miedo.

Hoy Susana ha entrado en clase
con una sonrisa misteriosa.

Susana —Chicos, poneos los abrigos.
Nos está esperando un autobús.
Nos vamos otra vez al museo.

Toda la clase se queda alucinando.
¿Nos vamos al museo así, de repente? Es muy raro.
Susana no da más explicaciones.
Solo dice que en el museo nos espera una sorpresa.

Cuando llegamos al museo, nos pasan a la sala
donde se expone el tesoro de Malabar.
Está adornada con globos de colores, cadenetas
y bombillas doradas. En el centro hay mesas llenas
de pasteles, croquetas, patatas fritas y zumos.

La nueva directora del museo es encantadora.
Tiene el pelo corto, gafas de pasta y muchas pecas.
Y nos recibe con un bonito discurso.

KUSS

Directora —Queridos niños y niñas
del colegio Los Almendros,
esta fiesta es para vosotros.
El museo está muy agradecido
porque nos ayudasteis a recuperar
el diamante del sultán de Malabar.
Sobre todo, queremos dar las gracias
a Rebeca y a Antón.
Fueron muy valientes. Por eso,
hemos preparado este almuerzo
y luego habrá baile.
¡Divertíos mucho!

Esto es como un sueño para mí.
Hoy no está prohibido bailar en el museo.
Al contrario. ¡La directora quiere que bailemos!

Después del almuerzo, empieza la música.
Y bailamos todos, pero yo bailo más que nadie
porque yo voy a ser bailarina de mayor
y, claro, es normal.

Me lo estoy pasando de maravilla. Y Antón también.
¡Él también baila!
Se mueve solo un poco, pero lleva muy bien el ritmo.
¡Y parece feliz!

De repente, ¡empieza un ruido horrible!
Es otra vez la alarma del museo.
La música deja de sonar.
Nos miramos todos asustados.
Antón se acerca y me da la mano.
¡Qué mala suerte! ¡Otra vez la alarma!
Espero que no sea otro robo.

Los guardias de seguridad
nos hacen abandonar la sala.
Vamos hacia la entrada y, al llegar a las escaleras,
nos encontramos una montaña
de paquetes de colores.
La nueva directora nos espera junto a los paquetes
y sonríe al vernos. La alarma deja de sonar.

Directora —Espero que os haya gustado
nuestra broma.
Hemos hecho saltar la alarma
a propósito para enseñaros
una última sorpresa.
Estos regalos son para vosotros.
Los ha pagado el patronato del museo.
Están muy agradecidos
porque, gracias a vosotros,
el museo ha recuperado
el diamante del sultán de Malabar.
Y es una de sus joyas más importantes.

Empezamos a abrir los paquetes.
Dentro hay toda clase de cosas: libros, videojuegos, disfraces y juguetes. ¡Qué maravilla!

A Antón le han tocado un libro sobre la Prehistoria y un juego de ajedrez.
A mí me han tocado un juego para pintar cerámica ¡y unas zapatillas de ballet!
Estamos muy contentos con nuestros regalos.

Esta fiesta ha sido un final perfecto para una gran aventura.

¡Y todo gracias al diamante del sultán de Malabar!

TE CUENTO QUE ANNA APARICIO CATALÀ…

Dibujar siempre ha sido mi pasión.
Dibujo desde que tengo memoria,
me encanta poder dedicar mi vida
a contar historias con imágenes.

Me gusta mucho ilustrar
porque con cada proyecto
entro en un mundo distinto,
con posibilidades infinitas
e historias nuevas.

Anna nació en Barcelona,
pero creció cerca de Vic.
Fue a Barcelona para estudiar Bellas Artes,
y ahora vive allí.
Trabaja como ilustradora y autora de libros
para niños y jóvenes.

© David Blanco

TE CUENTO QUE ANA ALONSO...

Ana empezó a escribir cuentos y poemas
a los 10 años, y no ha parado desde entonces.
Le gusta imaginarse historias de misterio
y mundos fantásticos,
muy distintos del mundo real.
"Leer es siempre una aventura.
Leyendo visitamos lugares desconocidos,
conocemos a personajes interesantes
y compartimos sus experiencias.
Quiero que cada libro mío sea un viaje
divertido y emocionante
para los niños y niñas que lo leen".

Ana Alonso nació en Tarrasa, Barcelona.
Ha vivido muchos años en León,
y ahora vive en Ciudad Real.
Escribe libros de poesía para mayores
y libros para niños y jóvenes.
Ganó el Premio El Barco de Vapor en el año 2008,
y también otros premios literarios.
Sus libros se han publicado en muchos países.

Si te ha gustado este libro, visita

LITERATURASM•COM

Allí encontrarás:

- Un montón de libros.
- Juegos, páginas descargables y vídeos.
- Concursos, sorteos y propuestas de actividades.

¡Y mucho más!

Para padres y profesores

- Noticias de actualidad, redes sociales y suscripción al boletín.
- Propuestas de animación a la lectura.
- Fichas de recursos didácticos y actividades.